Narziss und Echo

von

OVID

Neu erzählt von Klaus Brink

AF203039

Mit Bildern von Wolf-Dieter Pfennig

Die vorliegende Geschichte wurde vom Autor neu erzählt. Leitfaden war: »Narcissus und Echo« in: Ovid, METAMOR-PHOSEN in der Übertragung von Johann Heinrich Voß, insel taschenbuch 1237, 8. Auflage 2014, Erste Auflage 1990, Insel Verlag, Frankfurt am Main und Leipzig.

Johann Heinrich Voß, 1751 bis 1826, war ein Dichter und Übersetzer. Er wurde vor allem durch seine Übersetzungen berühmter Klassiker wie Homer, Vergil und Ovid bekannt.

Wir erhielten vom Insel Verlag die Erlaubnis, die Übersetzung von Johann Heinrich Voß für unsere Neuerzählung zu nutzen.

Copyright: © 2017: Dr. Klaus Brink – www.drbrink.de
Lektorat: Erik Kinting – www.buchlektorat.net
Umschlag & Satz: Sabine Abels
Titelbild ('Narziss verschmäht Echo'): © 2017 Wolf-Dieter Pfennig
www.wolf-dieter-pfennig.com
Auszüge aus Johann Heinrich Voß' Übersetzung der »Metamor-phosen« mit freundlicher Genehmigung des Inselverlages

Verlag: tradition GmbH, Hamburg

Bibliografische Information der Deutschen Nationalbibliothek: Die Deutsche Nationalbibliothek verzeichnet diese Publikation in der Deutschen Nationalbibliografie; detaillierte bibliografi-sche Daten sind im Internet über http://dnb.d-nb.de abrufbar

Für Marlis und Emilia

Vorwort

Die hier neu erzählte Geschichte heißt im Original »Narcissus und Echo«, und sie stammt von dem berühmten römischen Dichter Ovid. Ovid hieß mit vollem Namen Publius Ovidius Naso. Er hat diese Geschichte selbstverständlich in lateinischer Sprache geschrieben. Und zwar in seinem großen Werk »Metamorphosen«. Die Erzählung »Narcissus und Echo« ist darin nur ein kleines Kapitel, doch gibt es kaum ein schöneres.

Im vorliegenden Buch ist die Geschichte nun in flüssig lesbaren und verständlichen Sätzen neu erzählt worden. Das geschieht in nicht so schwieriger Sprache wie jener der anstrengenden Übersetzungen vom Latein ins Deutsche. So können eben Kinder und Jugendliche besser lesen und verstehen, was uns die Geschichte erzählen will.

Ich habe für dieses Buch die Übersetzung von Johann Heinrich Voß, der von 1751 bis 1826 lebte, als Leitfaden genommen, um die Geschichte neu zu erzählen. Wer möchte, kann die originäre Übersetzung der »Metamorphosen« im Taschenbuch des Insel-Verlages vergleichen, zum Beispiel in der 8. Auflage von 2014.

Selbstverständlich muss man großen Respekt vor diesen Übersetzungen haben, denn das Latein des Ovid erfordert viel Wissen um die Sprache. Vielleicht wird der eine oder andere von Euch ja eines Tages selbst den Ovid in lateinischer Sprache lesen und ins Deutsche übersetzen. Dafür, so hoffe ich, sollte es sich gelohnt haben, dieses kleine Buch gelesen zu haben.

Mein Ziel ist, dass der Leser oder die Leserin, der Vorleser oder die Vorleserin, nicht bei jeder Zeile innehalten müssen, um zu rätseln oder zu erklären, was Ovid und der Übersetzer gemeint haben könnte.

Im Text stehen an mehreren Stellen hochgestellte Ziffern. Im Anhang befinden sich dazu die Erklärungen. Dort findet Ihr auch zum Vergleich den ersten Vers am Beginn und den letzten Vers am Ende der Geschichte in der originalen lateinischen Sprache des Ovid; und dazu auch die deutsche Übersetzung von Johann Heinrich Voß. Beides möge einen Eindruck vermitteln, wie schwer das Latein des Ovid ist und wie anspruchsvoll die deutsche Übersetzung von Voß.

Zum Schluss folgen noch ein paar Hinweise zu Ovid. Er hiess mit vollem Namen Publius Ovidius Naso und wurde geboren am 20. März 43 vor Christus, vor unserer Zeitrechnung also. Er ist etwa 17 nach Christi Geburt gestorben; genau weiß man es nicht. Ovid war ein antiker römischer Dichter. Er zählt in der römischen Literaturgeschichte neben Horaz und Vergil zur Gruppe der drei großen Poeten der klassischen Epoche. In einer Frühphase schrieb er Liebesgedichte, in einer mittleren Phase Sagenzyklen und in einer Spätphase Klagelieder.

Und wer ist der Übersetzer Johann Heinrich Voß? Dieser lebte von 1751 bis 1826. Er war Dichter und Übersetzer, ein Zeitgenosse Goethes. Er wurde vor allem durch seine Übersetzungen der berühmten Klassiker wie Homer, Vergil und Ovid bekannt.

Illustrator Wolf-Dieter Pfennig war vom Buchprojekt des Autors begeistert, das Thema sagte ihm sofort zu. Wolf-Dieter Pfennig hat an der Kunsthochschule in Berlin Weissensee studiert. Er arbeitet als Maler, Grafiker, Illustrator und Plakatgestalter. Seine Arbeiten waren bisher in vielen Einzelausstellungen und Ausstellungsbeteiligungen zu sehen.

Klaus Brink, im August 2017

Narziss und Echo
Hauptfiguren der Erzählung

Narziss

Der Jüngling Narziss war sehr schön – viel zu schön. Seine Gestalt war den Göttern so gut gelungen, dass man fast sagen möchte, es wäre für Narziss besser gewesen, wenn er den Göttern weniger schön geraten wäre. Aber dann hätte die Geschichte ja keinen Reiz.

Narziss war der Sohn der blauen Nymphe Liriope und des Flussgottes Kephisos. Dieser hatte die schöne Liriope in den Wellen eines Wassers umschlossen. Und vom Schoß der schönsten dieser Nymphen kam ein Kind ans Licht, das Narziss genannt wurde.

Schon seit der Antike wurden die Künstler angeregt, Narziss und Echo abzubilden. Wolf-Dieter Pfennig hat sie für uns neu gemalt.
Auf dem Bild seht Ihr oben Narziss, wie er selbstverliebt in sein Spiegelbild schaut, und unten die schöne Echo, die wünschte, er würde sich besser in sie verlieben.

Echo

Die liebe Echo war ein hübsches Mädchen, auch von ausgeprägt schöner Gestalt, gerade so, wie sich die Götter der Antike, vor allem der Gottvater Zeus, schöne Mädchen vorstellten. Denn die Götter liebten schöne Mädchen. Manchmal liebten sie diese sogar mehr als ihre angetrauten Ehefrauen; was aber, wie Ihr auch in dieser Geschichte lesen werdet, zu manchem Zwist und Ärger führte, mit zumeist unangenehmen Folgen für die Betroffenen.

Echo also, die Schöne, war grad wie Liriope, die Mutter des Narziss, eine Nymphe. Und Nymphen sind geheimnisvolle Wesen. In der griechischen Mythologie sind sie weibliche Gottheiten niederen Ranges. Die Götter haben sie vorzugsweise in Wäldern mit vielen Wasserteichen und Quellen versteckt. Sie waren wie Feen und flüchtige Geister.

Auf dem Bild hat Wolf-Dieter Pfennig oben den Dialog zwischen Narziss und Echo angedeutet. Die Blumen in Echos Hand sollen bereits auf das Ende der Geschichte hinweisen.

Narziss und Echo
Neu erzählt nach den Worten von Ovid

Es lebte einst im alten Rom ein berühmter Erzähler. Der hieß Tiresias, und der konnte sogar in die Zukunft sehen. Er war dafür bekannt, dass er in den Städten und auf dem Lande den Menschen Geschichten erzählte, alle möglichen Geschichten. Zu diesen gehörte auch die liebliche Erzählung von Narziss und Echo.

Seine betörenden Worte begannen mit der bläulichen Nymphe Liriope. Diese wurde von dem Flussgott Kephisos begehrt. Er bedrängte die Schöne einst in den Wassern seines Flusses und die Wellen umschlossen die beiden. Liriope, die schönste der Nymphen, gebar dem Kephisos nach neun Monaten ein holdseliges Kind. Das, kaum am Licht der Welt, sogleich die anderen Nymphen bezauberte. Dieses Kind wurde Narziss genannt.[1]

Tiresias wurde nun von den Leuten gefragt, ob es denn dem Narziss bestimmt sei, ein hohes Alter zu erreichen. Da antwortete der weise Zukunftsseher wie ein Orakel: »Ein hohes Alter erreicht er nur, wenn er sich selbst nicht erkennt!« Was sollte das nun heißen? Was meinte der weise Seher damit?

Es ist jetzt wichtig, das zu verstehen: Er meinte mit »sich nicht erkennt«, dass Narziss nicht seine außerordentliche Schönheit erkennen durfte; wenn sie ihm also nicht auffiel, seine Schönheit, dann würde er alt. Wenn Narziss aber erkennen würde, wie schön er war, dann würde er früh sterben. Eine seltsame Prophezeiung, aber so werden Geschichten gleich zu Beginn spannend gemacht.

»Die Geschichte beginnt«, so berichtete Tiresias etwas umständlich, »als Narziss seinem Alter von fünfzehn Jahren ein weiteres Jahr hinzufügte«. Er hätte auch einfacher sagen können: »Die Geschichte beginnt, als Narziss sechzehn Jahre alt war«, aber so erzählen eben grosse Erzähler.

Narziss sah nun schon aus wie ein Jüngling, einige aber sahen ihn doch noch als Knaben. Er sah so gut aus, dass sogar mancher Jüngling ihn begehrte.

Noch mehr aber begehrten ihn natürlich die Mädchen.

Doch der Stolz des Narziss auf seine Schönheit war grausam, denn ihn interessierte keiner der Jünglinge und auch keines der schönen Mädchen berührte und interessierte ihn. Keiner der Jünglinge, keines der Mädchen bewegte sein Herz. Oje! Wie sollte das enden?

Echos Sprachfehler

Eines Tages aber, als Narziss auf der Jagd nach Hirschen war, sah ihn die schöne Nymphe Echo. Sie hatte ein Auge auf den begehrenswerten Jüngling geworfen, und sie hätte ihm gern ihre Liebe gestanden. Aber Echo konnte Narziss nicht ansprechen, denn es war ihr versagt, selbst zu sprechen. Sie war nämlich sprachbehindert. Ja, Echo konnte nur sprechen, wenn umgekehrt sie von jemandem angesprochen wurde. Und dann konnte sie auch nur die letzten Worte desjenigen wiederholen, der etwas zu ihr sagte. O wie schlimm![2]

Die liebe Echo war nun leider mit eingeschränkter Sprechfähigkeit versehen. Sie konnte, wie es unser heutiges Echo in der Natur tut, nur die letzten Worte zurückrufen, die jemand zu ihr sagte.

Wie war das passiert, dass Echo diesen seltsamen Sprachfehler hatte, der sie von den aneinandergereihten Worten eines anderen nur die letzten zurückrufen ließ?

Es war das Werk der Göttin Juno. Auf dem Bild seht Ihr sie in den Armen ihres Gemahls, des Gottes Zeus; und oben auf dem Bild lähmt sie ganz nebenbei der Echo die Zunge. Juno ist nämlich die Beschützerin ehelicher Zucht und Sitte. Sie hatte Echo bestraft, denn Juno hatte schon oft den Zeus in der Gemeinschaft anderer williger Nymphen erwischt.

Um zu vermeiden, dass Zeus noch einmal derart von Juno überrascht würde, hatte Zeus allerdings die kleine Echo angestiftet, seine Frau, also Juno, in lange Gespräche zu verwickeln und ihr Geschichten zu erzählen.

Aber diesen Trick des Zeus hatte Juno bald herausgefunden. Und als sie merkte, dass Echo derart gedungen war von Zeus, hat sie die arme Echo bestraft. Den Zeus dagegen hat sie nicht bestraft, seltsam, doch so ist nun mal das klassische Altertum. Sie hatte der Zunge der armen Echo also Gewalt angetan. Fortan sollte Echo nur kurz von ihrer Stimme Gebrauch machen können und das auch nur, wenn sie von jemandem angesprochen wurde.

Und sie sollte nur die zuletzt gehörten Worte zurückhallen können, und diese musste sie sogar verdoppelt ausrufen.

Echo trifft Narziss

Als Echo nun Narziss erblickte, der in den pfadlosen Wäldern umherwanderte, da folgte sie ihm heimlich, und sie erglühte vor Entzücken über diesen schönen Jüngling. Je länger sie ihm folgte, desto drängender spürte sie das Verlangen, sich ihm kenntlich zu machen. Er sollte sie sehen und hören.

O wie gern wollte sie ihm näher kommen und ihn mit kosenden Worten sanft bitten und anflehen! Aber, es verwehrte ihr die eigene Natur diese Möglichkeit, denn es war ihr, wie wir nun wissen, nicht vergönnt, dass sie als Erste redete. Darum konnte sie nur warten, bis der Angebetete selbst Worte von sich gab, denn nur dann konnte sie Antwort geben.

Ein geheimnisvolles Liebesgeflüster

Und tatsächlich, da rief der schöne Jüngling, der sich im Wald verirrt hatte und nach seinen Begleitern suchte, laut:

»Ist jemand da?«

Es antwortete ihm freudig die liebe Echo:

»Da, da …«

Narziss war erstaunt, das zu hören, er sah sie aber nicht, obwohl sein Blick umherspähte. Er rief noch einmal nach allen Seiten:

»Komm!«

so tönte sein schallender Ausruf.

Und Echo gab Antwort:

»Komm, komm …«

Narziss schaute verdutzt, da er wieder niemanden sah, rief der Jüngling noch einmal:

»Warum fliehst du mich?«

Und von Echo schallte es zurück:
»Fliehst du mich, fliehst du mich ...«

Narziss war verwirrt über die seltsame Antwort, und er rief ein weiteres Mal nach allen Seiten:
»Vereinen wir uns!«

Und Echo, die nichts freudiger täte als das, rief:
»Einen wir uns, einen wir uns ...«

Echo war so entzückt über ihre Worte, dass sie aus dem Wald hervortrat. Sie wollte nun sofort mit liebenden Armen den ersehnten Hals des schönen Narziss umschlingen.

Doch jener entfloh und entriss sich der Umarmung und rief:
**»Eher möchte ich den Tod,
als dass du mir nahtest in Liebe!«**

Und die arme Echo, die Verachtete, konnte nicht anders, denn ihre Sprachbehinderung ließ es ja nicht zu, wie wir wissen, als zu rufen:
**»Dass du mir nahtest in Liebe, nahtest in
Liebe ...«**[3]

Narziss verschmäht Echo und wird bestraft

Echo, die Verachtete, war so enttäuscht und fühlte sich so geschmäht, dass sie traurig in den Wald schlüpfte und sich verbarg. Ihr Antlitz war errötet, sie bedeckte es verschämt mit Laub. Fortan lebte sie im Wald und dort in einsamen Grotten.

Womit hatte Echo dieses Schicksal verdient? Zuerst wurde sie von der Göttin Juno bestraft, obwohl der Gott Zeus sie angestiftet hatte, und nun wurde sie von dem hochmütigen und stolzen Jüngling gedemütigt. Es war ihr Schicksal, denn sie war eine Nymphe und diese waren Spielzeuge der Götter.

Dennoch blieb ihre Liebe zu Narziss. Ja, sie wuchs sogar, trotz des großen Schmerzes der Verweigerung, den sie erlitten hatte.

Die wachsame Sorge um Narziss aber verzehrte ihren schwindenden Leib zum Erbarmen; ganz verschrumpfte ihr die Haut vor Magerkeit und es schwanden die Kräfte des Leibes, sie verschwanden in die Luft, bis nur noch ihre Stimme übrig blieb. Echos Körper wurde in Felsen verwandelt.

Immer noch aber lauschte sie im Wald. Auf dem Berge wurde sie nie mehr gesehen, doch sie wurde von allen gehört, denn der Nachhall kündet bis heute von ihr.[4]

So also hat Narziss die arme Echo verhöhnt und im Gebirge und in den Fluten auch noch andere Nymphen. Doch nicht nur die, auch die Sehnsucht von Jünglingen, die ihn begehrten, hat er verachtet. Von den so schändlich Verschmähten aber streckte einer die Hände zum Himmel und betete zu den Göttern, sie sollten Narziss bestrafen. Er flehte: »So liebe er sich denn nur selbst! So werd' Narziss nicht froh des Geliebten«.

Was sollte das nun heißen? Es bedeutet dieses: Die Götter mögen ihn bitte bestrafen, er solle nur sich selbst lieben können, aber er solle nie das Geliebte, also sich, besitzen. Diesem Gebet stimmte die rhamnusische Göttin Nemesis zu. Wer ist das nun? Sie ist die Göttin des gerechten Zorns, sie verteilt Glück und Unglück und bestraft Hochmut und Stolz. Nemesis ist die Göttin von Rhamnus, und das liegt im nördlichsten Flecken in Attika.

Narziss lagert an der Quelle und bewundert sein Trugbild

Es gab in der Gegend, wo Narziss lebte, eine Quelle mit silbern glänzenden Wellen, die noch nie ein Hirte, noch die weidenden Ziegen der Berghöhen angerührt hatten, auch nicht anderes Vieh; kein Vogel hatte sie verschmutzt, kein Wild war je in ihre Nähe gekommen, kein Baumzweig war hineingefallen. Die Quelle war glasklar. Ringsumher war grünes Gras, das von dem Feuchtigkeit spendenden Wasser saftig wuchs. Und ringsumher verhinderte Gebüsch, dass warme Sonnenstrahlen hineinfallen konnten.

Eines Tages nun lagerte hier Narziss, um sich vom Eifer der Jagd und von der Hitze auszustrecken; ihn lockten die Quelle und die Schönheit dieses Ortes. Während er seinen Durst löschte, wurde aber ein seltsamer anderer Durst in ihm wach. Denn während er trank, wurde er vom Schein eines Bildes bezaubert, das er im Wasser sah.

Was erblickte er dort? War es ein Trugbild, das er für einen Menschen hielt? War dieser Schemen sein Körper?

Er staunte sich selbst an, ohne sich darin zu erkennen, und starr vor Erstaunen, ohne sich zu bewegen, schaute er ein Gebilde an, das wie aus parischem Marmor gemeißelt erschien.[5]

Liegend betrachtet er, ins Gras gelehnt, zwei richtige Sterne, die ihn ansahen: die Augen. Er sah mit Entzücken das Haar, so schön wie das des Apoll und würdig dem des Bacchus'. Er schaute den Hals an, der schimmerte und eher einer Elfe gehören konnte. Er sah die Glätte der bartlosen Wangen, und dann sah er die Anmut eines Gesichts und die Röte auf den Wangen, die weiß wie Schnee waren. Alles das bewunderte er, nämlich das, was er selbst dem Wasser zeigte.

Ihr mögt nun achtgeben und euch erinnern, was am Beginn dieses Kapitels stand: Das Wasser war so klar, dass er es nicht sehen konnte. Die Göttin Nemesis hatte es absichtlich und zur Strafe so klar und rein gemacht; somit erkannte Narziss in den Augenblicken seiner Verblendung nicht, dass er sein Spiegelbild sah! Er glaubte, ja, er träumte, er sehe jetzt eine andere Person. Im weiteren Verlaufe aber, als er seinen großen Schmerz beklagte, öffnete Nemesis ihm jedoch die Augen, und erst dann sah er, dass es Wasser war und er sich darin spiegelte.

Alles bewunderte er, was wert ihn machte der Bewunderung. Nun ersehnte er betört sich selbst, denn den er da pries, war er selber. Schon wollte er nach der Gestalt greifen. Er beugte sich zum Gesicht in der trügerischen Quelle und wollte sich ihm mit Küssen nahen! Er wollte mitten hineingreifen, um den gesehenen Hals zu umfangen. Er tauchte die Arme in das Wasser, aber er konnte sie nicht fassen in der Quelle, denn seine Augen wurden von der Einbildung in die Irre geleitet.

Du Leichtgläubiger, möchten wir rufen, du strebst vergebens nach dem flüchtigen Scheinbild. Es gibt es nicht, was du da begehrst; sieh' doch: Wenn du wegschaust, dann siehst du, wie das Geliebte verschwindet. Was du da erblickst, ist ein Schatten nur vom widergespiegelten Bilde! Du siehst dort nichts Leibhaftiges; was du siehst, bringst du selbst mit, und es verbleibt da. Wenn du aber weggehst, dann geht das Gebilde auch mit weg. Narziss ist wie gebannt. Nichts kann ihn wegziehen von der Quelle, weder Hunger noch Müdigkeit treiben ihn auf.

Er lag im schattigen Grase und schaute auf die leere Gestalt mit unersättlichem Blick. Dann erhob er sich etwas und rief, die Arme weit ausgestreckt, in die ringsum stehenden Wälder: »Hat je einer geliebt, ihr Wälder, mit größeren Qualen als ich? Ihr müsst es doch wissen, denn ihr lauscht so oft den Verliebten in euren Lauben. Habt ihr denn jemals in den Jahrhunderten, die ihr schon erlebt habt, jemanden gesehen, der so geschmachtet hat wie ich?«

Und er rief weiter: »Es steht vor mir und lockt, doch was dort steht so verlockend, ach, ich find' es ja nicht. So fesselt mich Liebenden ein Wahnsinn. Und was meinen Schmerz noch mehr vergrößert ist, dass es nicht ein großes Meer ist, das uns trennt, dass es auch kein Berg oder eine zu große Entfernung ist oder Zäune und Mauern, die mich von dem Bilde trennen, nein, es ist nur ein winziges Wässerchen, das zwischen uns steht. Mein Gegenbild möchte mich ebenfalls umarmen, denn so oft ich den Mund neige zur Wasseroberfläche, so oft kommt es mir entgegen mit aufwärts strebendem Mündlein.

Fast, ja fast so scheint es, berührt er mich. Wie klein das nur ist, was die Liebenden scheidet! Wer du auch seist, komm her! Was betrügst du mich, einziger Knabe?«

Und weiter sprach er: »Wer entführt dich mir denn da? Das kann nicht meine Gestalt sein, noch mein Alter kann es sein, die dich zum Fliehen bringen;

mich liebten ja sehnlichst die Nymphen. Eine Hoff-
nung, ich weiß nicht einmal welche, verheißt dein
freundliches Antlitz. Streck' ich die Arme nach
dir, so streckst du von drüben die Arme; lach' ich,
so lachst du mir zu. Oft sah ich aber auch Tränen
rollen, wenn ich welche vergoss; und wenn ich dir
winkte, winktest du mir zurück. Ach, und wie die
Bewegungen deines reizenden Mundes mir anzei-
gen, redest du Worte, die nicht an meine Ohren
gelangen«.

Narziss erkennt sich selbst

»Endlich merk' ich es, ich bin es selbst, und nicht mehr täuscht mich länger mein Abbild! Liebe verzehrt mich zu mir und die Glut, die ich gebe, die nehm' ich! Was soll ich tun? Soll ich ihn anflehen? Soll ich mich anflehen lassen? Um was denn? Was ich begehre, ist ja mein. Zum Darbenden macht mich der Reichtum.

O wie möchte ich mich so gern vom eigenen Körper trennen! Was kein Liebender sich wünscht, ich wünsche mir fern: das Geliebte! Schon nimmt mir der Schmerz meine Kräfte und mein Leben wird nicht mehr lange dauern. Kaum aufgeblüht, verwelke ich. Mir ist der Tod nicht schwer, da im Tod die Leiden aufhören. Möchten dem Lieben da drüben nur mehr Tage vergönnt sein als mir! Nun aber vergehen wir zwei in der einzigen Seele«.

Narziss seufzte und kehrte sich hilflos um zu seinem Gegenbild. Er vergoss Tränen in die Quelle und im Wasser bildeten sich Kreise, die sein Spiegelbild verdunkelten.

Als das Bild unter ihm verschwand, rief er: »Willst du fliehen? Bitte bleib', flehe ich dich an. Verlass, o Grausamer, nicht deinen dich Liebenden! Was nicht zu berühren mir vergönnt ist, lass mich wenigstens anschauen und nähren den traurigen Wahnsinn«.

Während Narziss voller Schmerzen klagte, zertrennte er seine Kleider vom obersten Saume an. Und auf die frei gerissene Brust schlug er sich mit seinen marmornen Händen. Die geschlagene Brust überzog sich sanft mit Röte, so wie ein Apfel sah sie aus, dessen eine Hälfte weiß war und die andere Hälfte rot. So wie mit gesprenkelten Beeren die Traube aussah, wenn sie, noch nicht ganz reif ist, sich purpurn färbte.

Als er solches erblickte im wieder glasklaren Wasser, ertrug er aber nicht mehr länger seinen Gram. So wie gelbliches Wachs an schwachem Feuer langsam schmilzt und wie der Reif in der Frühe von der wärmenden Sonne taut, so auch, verzehrt von der Liebe, schwand Narziss dahin und verbrannte allmählich vom inneren Feuer. Er hatte seine Farbe verloren, das Weiße und das Rote waren verschwunden; dahin waren die blühende Kraft und auch das Feuer, das eben noch entzückte das Auge.

Und was wir bisher so gern betrachtet hatten, seinen Körper, den auch die schöne Echo so liebte, fiel in sich zusammen. Als Echo das sah, fühlte sie, obwohl sie eigentlich voll des Zornes hätte sein können, großes Mitleid mit Narziss. Immer, wenn der Erbarmungswürdige ausrief »Wehe!«, so hallte Echo das Wort nach und erwiderte: »Wehe!« Und wenn Narziss sich im Schmerz mit den Händen auf die Arme schlug, hallte sie auch das Getön der wütenden Schläge zurück.

Also sprach er zuletzt, sich in der Quelle wie gewohnt spiegelnd: »Ach, alles war umsonst, geliebter Knabe!« Und Echo rief diesmal alle die Worte zurück: »Ach, alles war umsonst, geliebter Knabe!« Zuletzt rief Narziss: »Leb' wohl!« »Leb' wohl!«, antwortete Echo.

Narziss senkte nun den Kopf und saß kraftlos auf dem grünen Rasen. Die Nacht umschattete die Augen, mit denen der Schöne sich bewunderte. Da noch, wie er längst in die untere Wohnung einging, sah er sich selbst in der stygischen Flut.[6]

Die Naiaden und Dryaden trauern

Wehklagend betrauerten ihn die Naiaden, die seine Schwestern waren, und weihten dem Bruder Haarlocken, die sie sich von ihren Köpfen schnitten. Es trauerten und wehklagten auch die Dryaden um ihn. Und Echo, die schöne Nymphe, schallte deren Wehklagen zurück.[7]

Schon wurde eine Bahre besorgt, es wurden Brandscheite angezündet und Fackeln geschwungen, damit sie Licht gäben, um den Körper des Narziss zu suchen. Doch da war nirgendwo ein Leib zu finden. Aber dort, wo sie ihn vermuteten, an der Stelle, da fanden sie ein liebliches Blümelein. Dieses war safrangelb um die Mitte und besetzt mit schneeigen Blättern. Heute heißt diese Blume *Narzisse*.

Echo ruft ein letztes Mal

Weil es so schön traurig ist, das Ende des Narziss, sei noch etwas anderes erzählt: Seine Schwestern, die Nymphen, weinten lange um ihn und auch die Götter wollten nicht, dass er vergessen werde. Deshalb verwandelten sie ihn in eine Blume. Sie trägt seither den Namen *Narzisse.*

So erzählte der große römische Dichter Ovid vom Ende des Narziss, dass dieser die Unerfüllbarkeit seiner Liebe erkannte und vor seinem Ebenbild verschmachtete bis zum Tod. Seine letzten Worte wiederholte die trauernde Echo: »Ach, du hoffnungslos geliebter Knabe, lebe wohl!«.

Finis
(das heisst Ende)

Kaum ist der Vorhang gefallen, schon lässt unser Maler Wolf-Dieter Pfennig die beiden ein Selfie machen. Die Gestalt des Narziss hat er vom schönen Knaben zum eitlen Satyr gewandelt. Und unsere liebe Echo scheint ihre Trauer überwunden zu haben.

Anhang

Hier findet Ihr den Beginn von „Narcissus und Echo", wie Ovid es in Latein geschrieben hat; dazu dann die Übersetzung ins Deutsche von Johann Heinrich Voß. Letzteres ist eine Kostprobe wie leserlich anspruchsvoll das Latein des Ovid von Johann Heinrich Voß übersetzt worden ist.

Es möge den Lesern zum Verständnis dienen, weshalb wir die Geschichte neu erzählen wollten; nämlich um sie leichter verständlich zu machen und sie besser vorlesen zu können.

Der erste Vers von Ovids Erzählung »Narcissus und Echo«, in Latein:

Ille per Aonias fama celeberrimus urbes
irreprehensa dabat populo responsa petenti;
prima fide vocisque ratae temptamina sumpsit
caerula Liriope, quam quodam flumine corvo
implicuit clausaeque suis Cephisos in undis
vim tulit: enixa est utero pulcherrima pleno
infantem nymphe, iam tunc qui posset amari,
Narcissumque vocat. De quo consultas, an
esset tempora maturae visurus longa senectae,
fatidicus vates «Si se non noverit" inquit.

Übersetzung von Johann Heinrich Voß:

Durch die aonischen Städte, berühmt als Seher
der Zukunft, gab dem fragenden Volke Tiresias
treffende Antwort. Gleich die bläuliche
Nymphe Liriope machte die Probe
Seines unfehlbaren Spruchs: die einst in
gekrümmter Wallung rings Cephisos umhegt',
und in bergenden Wogen ihr Brautbett
Wölbete. Diesem gebar im Laufe der Monden die
Schönste ein holdseliges Kind, schon
damals Nymphen bezaubernd, und Narcissus
genannt. Um ihn gefraget, ob jener völlig
gereift sehn würde das Ziel des höheren Alters,
Gab der erleuchtete Mann:
Wenn er sich nicht kennet! zur Antwort.

Wie wir diesen Beginn und dann die gesamte Geschichte in leichter verständliche Sprache übertra-
gen haben, habt Ihr in diesem Büchlein gelesen.

Hier der Schluss von „Narcissus und Echo" bei Ovid und in der Übersetzung von Johann Heinrich Voß:

Der letzte Vers von Ovids Erzählung »Narcissus und Echo«, in Latein:

'Heu frustra dilecte puer!' totidemque remisit
verba locus, dictoque vale 'Vale' inquit et
Echo. Ille caput viridi fessum submisit in
herba,lumina mors clausit domini mirantia
formam: tum quoque se, postquam est inferna sede
receptus, in Stygia spectabat aqua.
Planxere sorores naides et sectos fratri
posuere capillos, planxerunt dryades;
plangentibus adsonat Echo. Iamque rogum
quassasque faces feretrumque parabant:
nusquam corpus erat; croceum pro corpore
florem inveniunt foliis medium
cingentibus albis.

Übersetzung von Johann Heinrich Voß:

„Ach, umsonst geliebeter Knab"! Und gleich
war der Nachhall. Jener rief: Leb' wohl! Leb'
wohl! antwortet ihm Echo. Jetzo senkt er das
Haupt kraftlos im grünenden Grase; Nacht
umschattet die Augen, womit sich der Schöne

bewundert. Aber auch dann, nachdem in die
untere Wohnung er einging, Schaut' er sich
selbst in stygischer Flut. Wehklagend
betrau'rten Ihn die Schwesternajaden, und
weiheten Locken des Hauptes: Auch
wehklagten Dryaden: zur Wehklag' hallete
Echo. Schon ward Bahre besorgt und Brand
und geschwungene Fackel: Doch war nirgend
der Leib; für den Leib ein gelbliches Blümlein
Fanden sie, rings um den Kelch
weißschimmernde Blätter gegürtet.

Die ganze Geschichte im Original könnt Ihr nach-
lesen in:

Ovid, METAMORPHOSEN; Übertragung ins
Deutsche von Johann Heinrich Voß, von 1928, insel
taschenbuch 1237, 8. Auflage 2014, Erste Auflage
1990, Insel Verlag, Frankfurt am Main und Leipzig.

Anmerkungen

(Endnoten)

[1] Warum hat Ovid der Liriope die Farbe Blau verliehen? Im lateinischen Text heisst es »caerula Liriope« und das heisst »bläuliche Liriope.« Das ist so: Liriope war eine Wassernymphe, und die haben eben eine leicht bläuliche Hautfarbe; schließlich sind sie zumeist im Wasser zu Hause. Sie gehörte also zur Gruppe der Wassernymphen. Unsere Echo gehörte dagegen zur Gruppe der Baum- und Waldnymphen.

[2] Zum Vergleich sei diese Stelle auf die Übersetzung von Johann Heinrich Voß verwiesen. Er hat das schwere und komplizierte Latein des Ovid wie folgt übersetzt: »Ihn, da er Hirsche zum Garn hertummelte, schaute die Nymphe Hellen Getöns, die weder dem Redenden lernte zu schweigen, noch selbst eher zu reden, die widerhallende Echo. Leib war Echo annoch, nicht Stimme nur; aber auch damals tat der Schwätzerin Mund nicht andere Dienste, denn jetzo: Dass sie geschickt von vielen die äußeren Worte zurückgab, solches verlieh ihr Juno.«

[3] Der Schriftsteller Martin R. Dean aus Menziken im Aargau, in der Schweiz, hat diesen Dialog zwischen Narziss und Echo in einer kleinen Geschichte schön beschrieben: »Echo erblickt den umherschweifenden Narziss und es gelingt ihr, ein liebendes Hin und Her anzuzetteln, das zum geheimnisvollsten Liebesgeflüster der Literatur gehört.« (Martin R. Dean: »Capriccio für Narziss und Echo« in »Alles wandelt sich, Echos auf Ovid«, P&L Edition, ein Imprint von Bookspot Verlag GmbH, 1. Auflage, 2016)

[4] Zum Vergleich die Übersetzung aus dem Ovid: »Wachsame Sorge verzehrt den schwindenden Leib zum Erbarmen; ganz verschrumpft ihr die Haut vor Magerkeit; und es entfliegt ihr jeglicher Saft in die Luft; nur Laut und Gebeine sind übrig. Tönend bleibet der Laut; das Gebein wird in Felsen verwandelt. Immer noch lauscht sie im Wald', und nie auf dem Berge gesehen, wird sie von allen gehört; ein Nachhall lebet in jener.«

[5] Dieser edle Marmor ist besonders körnig und sehr weiß; er kommt nur auf der griechischen Insel Paros vor.

[6] »Stygische Flut« ist ein anderes Wort für »schauerliche Flut«. Es ist damit das Wasser im Todesfluss Styx gemeint. Und die »untere Wohnung« ist eine weniger harte Formulierung für das Reich des Todes. Diese Begriffe stammen aus der Mythologie und der Sagenwelt des Altertums.

[7] Dryaden sind ähnlich den Nymphen liebe Wald- und Baumgeister.

Autor **Klaus Brink**, 1944 geboren, lebt als Ruhe-
ständler in Bad Soden am Taunus. Er ist gelern-
ter Ingenieur und Volkswirt, auch promoviert
(Dr. rer. soc.). So gesehen ist er ein „alter" La-
teiner, dem jedoch einst die Lateinstunden kein
Zuckerschlecken waren. Wie kam es zu diesem
Buch? Eines Tages versuchte er, die schöne und

zugleich traurige Geschichte von „Narziss und Echo" den Enkel-
kindern vorzulesen. Er nahm eine der heute gängigen Übersetzungen zur Hand, aber das konnte man so nicht vorlesen, viel zu sper-
rig, zu viele Sprach- und Wissensbarrieren darin. So hat der Autor
selbst die Geschichte von Narziss und Echo einfach neu erzählt.

Der Autor Klaus Brink begeisterte **Wolf-Dieter
Pfennig** für sein Buchprojekt. Das Thema sagte ihm sofort zu. Die Bilder sind das Ergebnis
der Zusammenarbeit von Autor und Illustrator.
Wolf-Dieter Pfennig hat an der Kunsthochschule in Berlin Weissensee studiert. Er arbeitet als
Maler, Grafiker, Illustrator und Plakatgestalter.
Seine Arbeiten waren bisher in vielen Einzelausstellungen und Ausstellungsbeteiligungen zu sehen.

Das könnte Ihnen auch gefallen:

Der Autor hat so *„ganz nebenbei"* in seiner Freizeit auch zwei Apps für klassische Musik herausgegeben. Diese laufen unter iOS, also auf iPhone, iPad oder iPod touch.

Die Wagner App
Motive im Ring

Die App „Leitmotive" präsentiert die musikalischen Leitmotive aus Richard Wagners Opern-Zyklus „Der Ring des Nibelungen".

Es werden die kurzen Notenfolgen der 109 Motive auf Steinway-Flüge gespielt. Dazu gibt es auch einen Link zur Musik- Plattform iTunes, zum freien Probehören der Opern oder Herunterladen (nicht frei). Die App enthält auch ein Ratespiel: sie spielt ein Leit-motiv vor, es werden vier Motivnamen in einer Liste angezeigt, und man kann rate welches das richtige ist. Sehr amüsant!

Im App Store suchen nach „motive im ring" oder QR-Code nutzen.

Die Mozart App
Mozart 626

Die App „Mozart 626" ist als Nachschlagewerk und Datenbank sehr hilfreich. Sie beinhaltet das Köchelverzeichnis. Das Suchen in dem riesigen Werk Mozarts wird damit spielerisch leichtgemac

Die App ist nicht musikalisch aktiv, aber man kann mit jedem Mozart-Werk zur Musikplattform iTunes wechseln; zum freien Probehören od zum nicht freien Herunterladen. Künstlerisch gestaltet wurde die App von Schülern (7-11 J.) mit fantasievollen Bildern zu Mozart-Motiven.

Im App Store suchen nach „mozart 626" oder QR-Code nutzen.

Zeitfracht Medien GmbH
Ferdinand-Jühlke-Straße 7
99095 Erfurt, Deutschland
produktsicherheit@kolibri350.de